한끼 시 읽사

마음이 허기질 때

한
끼

시

읽
사

비
비
딴

바른북스

프 리하게 드세요. 당신을 위한 '한끼'입니다.

롤 케익처럼 칼로리가 높지도

로 메인처럼 칼로리가 낮지도 않지만

그 래도, 드실 만할 겁니다.

* 이 책은 시적 운율을 위해 맞춤법, 띄어쓰기가 표준과 다를 수 있습니다.

목차

Prologue

44	비로소	68	갈등
45	존중	69	소통
46	스팸전화	70	애티켓
47	마약	71	양보
48	여드름	72	아빠
49	와이프	73	엄마
50	무제	74	효도과자
51	관계	75	만쥬
52	패밀리	76	사랑, 니
53	기차	77	밀려남
54	편견	78	이자
55	치매	79	대출이자
56	베풂	80	약속
57	나무	81	지각
58	월요일	82	부지런
59	출근	83	정리정돈
60	ㅈㅌㄱㅁ	84	변수
61	연차	85	시행착오
62	고기뷔페	86	거절
63	육회	87	정치
64	한우 안심	88	우울
65	목살	89	고독
66	비트코인	90	미련
67	오락가락	91	후회

Epilogue

시작

...탕!

또 하나의 시작을 하려 한다
시(詩) 작(作)

이 안에서만큼은
가장 나다워지고

때론 몰랐던 나를
배워갈 수 있기를

바람이 분다

쉬이
쉬이이

바람이 분다

보이지 않는 나를 봐달라는 듯
나무들을 요동치고
머리칼을 휘날리며
거센 인사를 건넨다

끝내 마주할 수 없음에 실망한 너는
울며 떠나가네

휘이잉
히잉
힝

동까스

기름 샤워 후 입은
까칠한 가운을
바삭! 침범하면

비친 속살에 놀라
꺄~ 놀라 유 흘리는 너

미안해
소스 입혀줄게.

샤인머스캣

보라색 포도만
보면

아직
샤이 머쓱해;

실패

실 행해 본
패 기

기죽지 마 그니까.

Problem

문제는 어김없이
발생하기 마련

짜증 내기보단

problem
풀어버렴

너의 동심

세상에 대한 호기심은
어린 시절 동심이 되고

동심은 현실을 마주하며
한심이 되고

지키지 못한 그 동심은

그렇게
후회막심이 된다.

꿈

우리는 꿈을 꿨다
호기심 많던 어린 그날에

현실에 깼던 어른 이날엔
우리는 꿈을 껐다.

컴플레인

Come

Plain

순한맛이

올거라고

기대하진

마.

멘붕

면봉보다

머리가 하얘

양아치

에취!

양의 기침보다
가볍고

튀긴 침보다
더러움

그러치?

비겁

비겁한
멋쟁이는

당당한
겁쟁이보다

B급.

무시

무시
   무시
      무시
         무시
            무시

세상은 계단 같아

나보다 아래라고
무시하면

나보다 위의 누군가
나를 무시할 수 있어

아주 무시무시한
사실이지

공감

베어 물지
않아도

곶감 보다
달콤해

꼭
미루지 말고
해줘요

공 감 하러
곧 감.

브랜드

있으면
우대

없으면
홀대

제품은
같대

도시락

도시
높은 물가에

지갑을
걸어 잠금

Lock and Lock

프로

프로가 된다는건
토르의 망치처럼

세상에 맞설 나만의 무기를
꽉 쥔 것.

불확실

인생은

일로가나
절로가나
어차피
불확실

그냥
좋아하는 길로
풀악셀!

자가용

자가용을 갖기엔

통장의 숫자가
작아용

잠시 마음마저
작아지네용

하지만 꼭!

저가용 말고
고가용 자가용
용케 이뤄낼 케용

콜로세움

콜로!
콜록!

로마 황제의
기침만으로도

골로 가던
시대에

세움.

오해

그러고 싶지 않았다

그렇게 됐다.

사정

그럴 일이 있겠지

그러 려니.

마름모

마름모가
사각형일 때도
다이아몬드일 때도
있듯이

모름지기
사람 또한
다양한 모습이
있지

이제야
서로가 다름을
깨닫는 것에

다다름.

어울림

함께 하니
울림 있네

4랑

너랑

내랑

보고플랑

말랑

하는 거래

4정

미운정

고운정

합쳐정

도달한 절정

철봉

인생과
닮았구나

안 떨어지려
매달린 인생

막상 떨어지면
어떤들

그래봤자
땅바닥인걸

그래봤자
봉인걸

공 허

OOOOOOOOOOOOOOOO

빼곡한 공 사이
마음 둘 곳 하나 없는

허그가 필요한 순간

허세

빚내서
명품 감아봐야

빛나지 않아요

은행 빚 좋은
개살구일 뿐

외유내강

강하면
강한 티 좀 내요!

굳이
왜유 내가?

부똥산

똥이 가득 찬 것도
아닌데

남이 사면
배 아파

청약

약이 들면

세상 만병통치약

비로소

그 어떤
가벼운 순간도

이루 말할 수 없을 만큼
소중한 순간임을

비로소 깨닫고
비로소 잊는다

존중

'ㄴ ㅓ'와 'ㄴ ㅏ' 사이에

함께 할 수 있는 같음이 있음을 (ㄴ)

마주 볼 수 없는 다름이 있음을 (ㅓ ㅏ)

왜 자꾸

잊는 걸까.

스팸전화

영양가 없으면

햄처럼 맛이라도 있든가

마약

만약

호기심에
손댄다면

회복될
기미는

미약

여드름

좀 들어가라

좀처럼 말을 듣지 않는
그 이름 여드름

크림으로 어르고 달래보지만
내가 무슨 잘못이냐며
되레 붉어지는
그 이름 여드름

꼿꼿이 붉음을 지키다
노란 울음을 터뜨리며
전사한 그의 노고를

잊지 않고 얼굴에 새기리

와이프

옛사랑의
기억과 흔적은

와이프
와이퍼로

쓱 삭.

무제

이해할 수 없음을
이해할 수 있을까

관계

인연이면 남고
갈길이면 가시고

패밀리

밀리미터보다
가까운 우리

멀리 있어도
미리 알아보는
유전자의 힘

배멀미 까지
똑같은
진정 패밀리

기차

칙칙
폭폭

오래된
조명은
칙칙

쿠션은
폭폭
꺼지네

무궁화스러움에
기가 차지만

세월을 담은
설렘이 교차

편견

몰라봤습니다

당신의 속까진

치매

나를
잊지 말아요

내가 당신을
잊을 지라도

베풂

내 품에

있는 걸

네 품에

나무

왜
가만히
서 있냐고

누구도

나무라지
않잖아요

사람도
뿌리를
뻗을 때까지

기다려줘요

푸르게
빛날 테니까

월요일

월 래

요 렇게

일 찍 와?

출근

출근하기 싫다.. 란 말이
참 배부른 소리란 걸 알지만

그 배부름 때문인지
발길이 더 무겁구나

ㅈㅌㄱㅁ

기억나니
우리 처음 만난 날

낯선 맘에
마우스만 만지작거렸던 그날

배려심 많은 너의 너그러움에
어색함은 금세 흩날렸고

네가 준 믿음에
책임으로 보답하고팠던 나

돌아서면 보고 싶고
함께여도 그리운 너

재택근무.

연차

같은 열차

남의 출근길은
나의 벚꽃길이오

남의 지옥철은
내겐 행복 철철철이오

매번 놀라는
연차의 신비

고기뷔페

삼겹도
냠냠

목살도
냠냠

갈비도
냠냠

이러면 뭐가
남냐

육회

육회
상에
통깨

뿌려
먹으면

유쾌!
상쾌!!
통쾌!!!

한우 안심

미국 호주도 아닌
같은 한민족으로서

제일 부드러울 거라
믿어 의심치 않았는데

나의 안심을
방심으로 되갚으면

되겠 소?

목살

삽겹살보다
맛있지 말랬지!

으이구
내가 목살아 증말

비트코인

오르락

내리락

출렁이는 코인

철렁이는

내 맘을 비트네

오락가락

오락은
손가락

향락은
노랫가락

미래의 맥락은
오락가락

갈등

마주 보면
풀릴 것도

등 맞대서
켜져 버린

빨간 신호등

소통

말 안 해도
알겠지

퉁치지
말고

소통 쳐!

애티켓

애도 아는
매너

못 지키는
어른

성인 티켓값이
아깝다

양보

가위

바위!

양보!!

이기는 기쁨보다

가슴 벅찬

양보의 미덕

아빠

누군가의 아들이자
누군가의 남편이자
누군가의 아빠이며

누군가의 형부이자
누군가의 이모부이자
누군가의 할아버지로서

너그러이 변신해 준 당신께
존경과 사랑을 담아 보냅니다

이제 누군가의 역할이 아닌
당신 본연의 삶을

지켜 드리겠습니다.

엄마

"엄마"

"엄마아~"

나는 부를 수 있고
당신은 부를 수 없음이
맘(Mom) 아파요

맘마를 타줬던
그때부터 지금까지

당신을 부를 수 있음에
감사해요

엄마.

효도과자

호두과자처럼 달콤한
효도 한 박스
해드리고 싶지만

꽉 찬 팥 마냥
채워드릴 수 없음에
마음이 웁니다

호듀호듀
ㅠ   ㅠ

만쥬

냄새로나마
대리만족

사랑, 니

방향도 제멋대로
가끔 속도 썩이고
빼고 난 후에 찾아오는
시린 통증과 공허함까지도

사랑을 닮은 '너'였나 보다

밀려남

가까웠던
우리가

서로 몰랐던
그때처럼

어느새
밀려, 남

이자

이자이

자이

자슥아!

또 올라?

약 올라!

대출이자

출출하다고
이자 많이 먹다
탈 날라

소식할 때 됐잖아
인하 소식 기다릴게.

약속

약 간이라도

속 이면, 안 되는 거야

지각

느림의 미학?

핑계참 명확!

부지런

세상에
부지런한 사람 참 많네

주말부터 헬스장에서
무지 Run 하고 있네

달리고 달린 만큼
근육도 잘 붙지런

정리정돈

쌓이면
쌓일수록
행복해지는
돈

버리면
버릴수록
행복해지는
정돈

변수

계획대로 될 리가

비웃듯 찾아온
변수

별수 없지!

그마저
계획인 것처럼

시행착오

시행할수록
경험은

차곡
차곡
차올라

경지에
착! 오른다.

거절

하는 게
당연

안 해주면
큰절

정치

이리 치이고
저리 치이고

정신 없치

그래도,

정도 법치

우울

감정의
우물

그물에
걸린듯

우물
쭈물
하다

우울에
풍 덩
...
..
.

고독

오독
오독
씹어 음미해 봐

생각보다
달콤했고독

미련

·

·

·

해볼 걸

후회

회 봤자
소용없어

후~ 해서
날려버려

고구마

먹는 우리도 답답한데
꽉 찬 네 속은 오죽 답답할까

껍질 벗겨준 은혜를
달달함으로 갚아줘서

고맙구마

분리수거

오늘도
제집 찾아주랴

수고.

짝사랑

너는 알지 못하고, 나는 아는 거
나는 알지 못하고, 너는 아는 거

우리의 엇갈림이 마주하지 못한 거.

훈민정음

(ㄱ) 기억 났다 또

(ㄴ) 니은 언제쯤 잊혀질까

(ㄷ) 디귿 디긋하게 생각난다

(ㄹ) 리을 하게 떠오른 네게

(ㅁ) 미음 만 가득할 줄 알았는데

(ㅂ) 비읍 기라도 하듯

이내 너를 그린다

만남과 헤어짐 사이에
정거장 하나만 있었더라면

저 별이
이 별이 되지 않았을 텐데

작별

반 짝
하는 찰나

다가온
헤어짐의 식별

공복

통장에
공이 늘어나든지

인생에
복이 늘어나든지

뭐라도 좀
채워줘

배 달

배고파요
아저씨

금방
갑니다.

오토바이
출격!

달달달달

포케

야채
현미
연어
두부

한데 모인 포케처럼

역시
함께해야 행복케

햄버거

세상에서 가장
인종차별 없고
층간소음 없는
사이좋은 이웃

한입만 나눠도
행벅

인스타

나 자신을
되돌아보게 돼요

여기저기
왜 잘난 사람들만
눈에 들어올까요

인스타 스크롤이 깊어질수록
더 깊어지는 내 맘속 공허함

피드 보면 질투 나요
이런 날 질타도 해봐요

그래도 마냥
내가 밉지 않아요
질투도 스크롤 따라
흘러갈 테니까요

셀럽

Sell

Love

파는거

사랑해

너도나도

공구모집

필라테스

굽은 등
필라

말린 어깨
필라

현명한 내 몸의
소크라테스

유산소

있을 유(有)
믿고 덤볐다가

산소 부족해지기
십상

이직

입사할 때 넘치던 열정은
시간이 흘러
회사에 대한 정(情)이 되고

그놈의 정 때문에
현실에 안주하려고
발길이 쉽게 안 떨어지지

그럴 때일수록
일찍
이직

회사

붕어빵 틀에
와플을 구워내려는 듯이

내가 아닌 나를
회사에 맞춰가다 보면

틀처럼 달아오른 화병과
타다만 부스러기만 남겠지

잘있어 회사
잘했어 퇴사

구조조정

구조 안 하고
날 조정?

기분이 아주
꾸정!

희망퇴직

희망을 줘야

하든가 하지

화 딱지

화

딱지 쳐
뒤집어엎을 수만
있다면

진짜
뒤집어엎진
않았을 텐데

조급함

좀 급해도
조 급마

조 금만
초 금만
쪼 금만

버 티면

그 금만큼
빛을 볼 거야

완벽주의

사람 이라면서
웬 벽처럼 융통성이 없니

유퀴즈?

Yes!

거창한 몸짓
화려한 특수효과는
꽤나 사치

재석이형
세호형
핑퐁 핑퐁만으로도
충분한 재치

100만 원은
촬영에 지친 게스트의
주치의

국가대표

누구도 시키지 않았지만
누군가 되어주었고

그들이 선물해준 감동은
그들이 숨겨놓은 아픔이었음을

은메달

올림픽 삼 남매
금 은 동

첫째는 첫째라서 이쁘고
막내는 막내라서 귀엽고
둘째는 둘째라서 서럽네

둘째야
너도 충분히 사랑받을 자격 있어

할머니는 잘 도착하셨을까

할머니가 곁을 떠난 지
어느덧 2년

차디찬 그 마지막 촉감은
그대로인데

마음의 거리는
썰물처럼 점점 멀어져가네

종착지는 알고 떠나셨을까
홀로 외로운 걸음 하시진 않았을까

외롭던 걸음일지언정
휠체어 없는 자유로움
잠시라도 만끽하셨기를

할머니는 잘 도착하셨을까

할아버지는 마중 나오셨을까

내 생에 첫 기억을 선물해 준
할아버지

양반다리 침대 삼아 갓난 나를 품에 두고
날계란을 톡! 깨 드시던
첫 기억이자 마지막 장면

오랜 세월 어디 계셨을까

반겨주는 이
찾아오는 이
하나 없는 곳은 아니었을까

긴 기다림 끝에 맞이할
아내와의 만남에

할아버지는 마중 나오셨을까

결혼

남들 리뷰만 보고
망설이기엔 아까운 것

로또보다 확률 높기에
도전할 만한 것

행복한 결혼

배우자

그대를 온전히 믿고
나를 맡길 수 있는 사람

피 한 방울 안 섞였지만
삶과 애환이 섞여있는
때론 피보다도 진한 그대

그런 신기한 존재가
될 수 있음에
얻을 수 있음에

깊은 감사를 올립니다.

아내

내 안에

불안해
미안해
사랑해

다양한 감정이 솟구치는 나를
눈빛만 보고도 잘 아네

역시 내 아내.

결혼기념일

아니
벌써?

아니
벌써!

아니
벌써!!

놓치는 순간

벌 서...

명상

생각

생가

생ㄱ

생

새

ㅅ

비워

내기

마사지

사지를
막 주무른다

어우 야!

근육의
개운한 환호

이 맛에
돈 주고
맛 사지

수박

우린
닮은 구석이 많구나

너도나도
빨강을 품고 있고

너도나도
주름이 지어 있고

우리 모두
한 철 지나면
잊혀질 삶이로구나

소주

퇴근 후
맑고 투명한 너를
다시 조우할 줄이야

초록색 가면 뒤에
네가 쓰디쓴 것은

초록병의 흔들림 때문일까
정처 없이 흔들린 내 맘 때문일까

공휴일

공짜
휴일

아니죠!

누군가의
공이 서린
휴일

삶 일절

일제의 탄압 속에도

삶을 일절 구걸하지 않은
순국선열의 극기

잊지 말아야 할 우리의 자세
대한독립 만세!

사생활

잃는 순간

死생활

뒷담화

듣다 보면

뒷 담 와.

벚꽃

너는 좋겠다
매년 기다려주는 사람이 있어서

너는 좋겠다
누군가의 기쁨이 될 수 있어서

너는 아름답게 피고 졌고
우린 그런 너에게 빚졌다

또 보자,
나의 벗 꽃.

끝말잇기

행위

위기

기회

일단 행동하고

위기가 지나면

기회는

온다.

야근

야 ..

근 방 안 끝나

휴가

휴..

간다

성공하고 싶었어

언제부터일까
성공해야 한다는
강박이 박힌 건

대체 무엇일까
성공이라는 건

그래서 성공하고 싶었어

성공이란 놈이
무엇인지 알아내는 것에
성공하고 싶었어

그때쯤 난
깨달을 수 있을까

뜬구름

"뜬구름 잡지 마라"

누군가의 꿈을
쉽게 말한 당신은

고개 들어
뜬구름 한 번
쳐다볼 용기는 있는가

지름길

일단
질러 보면

그게 가장
빠른 길

노력

No! 말고,

힘(力) 줘!

달

모양도 가지가지
변화무쌍한 매력이
부럽기만 하다

어떠한 모양으로도
달밤의 아름다움을 선사하는
너처럼

다양한 분야에서
여러 빛을 발하고 싶은
나

슈퍼문

14년 뒤에
돌아올

슈퍼문이
열렸어요

그래서
그 슈퍼는
뭐 팔아요?

배송은 좀
힘들겠 죠?
Moon 앞에

자기소개서

쓰고

쓰고

쓰고

불합격에

속은 쓰리 고.

이제 날 좀 알겠니?

면접

정답은
없어요

문답만
있을뿐

쩝..

막걸리

한 잔
두 잔

막
걸림 없이 마시면

걸음걸이
제대로 갈리?

마! 그럴 리
없어.

한 끗 차이

딱 한 번만
딱 한 잔만
딱 하 루만

'하나'라는 무게감을 잊고 사는
우리네 말들

그 한 끗 차이가
차이를 만든다

예술

술은
실수를
낳고

예술은
실수가
낳는다

소설

설마..
하며

허구이지만
허구한 날

읽게 하는
매력

창작

머리는
창작의 고통

마음은
착잡함 온통

그 순간만
견디면

다가올
산물의 진통

저작권

그리 쉽게 건들지 말아요

한 성깔 하거등요

심박수

살아 있음의
생동감은

박수 받아야
마땅하다

피

살아 있음의

증거 물.

우리 형아

형아가 먹는 거
형아가 타는 거
형아가 입는 거

응!
형아랑 같은 거

형의 일부를 갖고 싶었던
어린 시절의 나

항상 먼저 길을 걸어간
형의 무게를 나눠 안고
나란히 걷고픈
오늘의 나

고맙다
우리 형아

경비아저씨

잘 지내세요 아저씨?

어린 시절 경비실 앞에서
야구공을 주고받았던 아저씨

가끔 서랍에서 50원, 100원 꺼내주시며
봉지 과자의 행복을 선물해 줬던 아저씨

그의 진한 주름과 온화함이 흘러간 지
25년

지금은
여기 계실까
저기 계실까

어디 계시든 올겨울도 평안하고 따뜻하시길

부탁

부 족함을 채워줄

탁 구

도움 필요할 땐

서 로 서 로

핑 퐁 핑 퐁

상부상조

돕고 사는 세상

독고 다이 속상

강아지

당신에겐
귀엽다 해도

누군가는
기겁할 만큼

동물에게
강하지
않아요

멍심해요.

뱀

요염한 S자가
유혹하네

혹해서

스네이크
스테이크
처럼 먹다간

큰일 난다
이크!

모니터

꺼진 모니터
그의 네모난 어둠을
두려워했다면

그 안에 드넓은 세상을
켤 수 없었을 것이다

보이지 않는 미래를 두려워할 시간에
수많은 버튼을 눌러보며
나만의 삶을 밝게 켜보자

타이밍

완벽한 타이밍은
세상에 없어

타이밍 재면
이밍 늦어.

D-Day

목표한 그날이닷!

디졌데이!!

축가

실력보단
진심

음이탈해도
쭉~가

자취

나 홀로
자취

나만의
자취와
채취를
맘대로
남겨도

뭐라할
사람은
없취

그

자 유에
취 하지

독립

폭립 처럼
한입 베어 물면
처음엔
맛만 좋지

다 발라먹으면
뼈만 남아
덩그러니
외롭기만 해

립(Lip) 털 곳도
없거든

운명

믿거나
말거나

운이 내린
명.

인연

길거리에 수 놓인
발자국

지나간 자국 위에
나의 발자국이
포개진다면

그것은
내가 찾던 인연일지도

그래서 발로 뛴 만큼
인연은 더 강하게
끌려오는 걸지도

돌싱

돌아 보지마
그날의 싱숭생숭

돌아 올거야
싱그러운 앞날들

재혼

재 지 말아요
혼 날 일 아녜요

역경

경역

ㄱ, ㅇ 자음 위치를
바꾸면 보이듯

돌아보면
깨닫게 되는 것

걸음마

아장
아장

한 발 떼기가
그리 어려웠는데

어느새 달려가고 있구나

가다 넘어지고
걸음 멈춰져도

처음 내디뎠던
그때 그 위대한 아장을
잊지 마.

육아

누가
육아
어렵대?

상상초월
어려워

그래도
미소에
녹아

옹알이

얼마나
답답했을까

이해되지
않아도

전해지는
마음

세상 가장
간절한 그 말

엄마랑 통화

길고 긴
설전이 오간다

치열한 말싸움의
경기장은 하트모양
♡

그 안에서
피 터지게 싸운들

빨갛게
사랑으로 물든 경기장

엄마들은 왜 서두를까

전철을 기다리는 내 앞으로
한 아주머니가 스며든다

증거마저 명백한
새치기

기분 나쁨보다는 궁금했다
엄마들은 왜 서두를까

누구보다 먼저 타려고
빈자리도 먼저 차지하려고

그 작은 이기심 뒤에는
자식을 위해 앞장서야만 했던
어머니의 헌신이 있지 않을까

잔소리

나를 위한
소리인 걸 알지만

세게 부딪히면
깨질 수 있는

잔 소리

부부싸움

칼로
물베기?

깔아
뭉개기!

세탁기

물과 세제의 화음이 만들어내는
작은 통의 기적

작은 통 속
몇 번의 구르기로

내 안의 찌든 고민과 걱정을
씻어낼 수 있다면

기꺼이,
이 한 몸 말아 넣으리

건조기

빨랫감 그들만의
건식 사우나

건방진 땀방울은
조기 퇴근.

합격

하하하합!

웃을 수 있는
자격

불합격

불 타버린
합격

불 타오른
반격

초콜릿

껍질째
녹아내린
마음이

멋대로
굳어져도

달콤한 진심은
변함 없구나

그런 날

그런 날이 있지

내 잘못이 아닌데도
내 책임이 아닌데도
내 탓마냥 바라보는 시선들

그래 뭐,

그런 날도 잊지.

의욕

욕을

아무리
뱉어도

용서가
되네욕

게으름

그렇게
으름장 놓더니

또 게으름!

계이름이라도
외워

18

함부로
남을 욕하지 말자

나도 누군가에게
열여덟 번의 미움받았을
존재이었기에

잇쑥캐

익숙함 속에서 주고받은 서운함들

이젠 다 It's Okay.

변기

예고 없이 찾아가도
싫은 티 없이 품을 내주는
고마운 녀석

앉았다 일어나는
단 한 번의 스쿼트만으로도
생기를 선물하는
기특한 녀석

그 마음 그대로
변 치말 기

두루마리 휴지

첫 단을 풀 때까지만 해도
너는 항상 그 자리일 줄만 알았는데

마지막 한 단 마냥
어느새 찾아온 나의 아홉수

단이 풀린 두루마리 (9) 모양마저
나의 아홉을 기념하네

새해

매년 봤으면
이제 좀 친해질 만한데

새해
너란 아이는 왜 항상 낯설까

언제나 그랬듯 너를 맞이하며
새 해(New Do)를 다짐해 본다

거창한 다짐은 아니지만
너를 다시 마주할 땐

이뤄낸 새 했(New Did)었다고
기억하고 싶다

세뱃돈

머리

어깨

무릎

발

차곡차곡 감사함을 쌓아

세배를 전하니

족히 세 배 이상으로

되돌려주시는 부모님

이제는 맘 편히

받아만 주시길

만두

얇은 피 안에서
그런 맛이
피어날 수 있다니

이건 정말
만두 안 돼!

유산균

살았니
죽었니

456억 마리가
참가한

내 몸속
오징어게임

루틴

하 루
+ 하 루
+ 하 루
+ 하 루

.

.

.

+ 하 루
_____

= 루 틴

반복

지루한 반복들이 쌓여
복(福)이 된다면

기꺼이 감수하리라

주름

이삼십 대를
주름 잡던
청춘의 삽으로

파고 파서 닦아온
세월의 길

시간이 갈수록
얼굴에 매끈한 포장도로는

줄음

노화

빨리감기 있고
일시정지 없는
인생의 비디오

흘러간 젊음만큼
쌓여온 녹화

과거가 그립다고
뒤로가기
누르지 말아요

당신의 세월은
꽃 화(花)처럼 아름답고

열매처럼 정성들인
노력화의 결정체
이니까요.

패배

패를 까보니
졌네?

괜찮아

그 경험은 곱해져
배로 돌아올 거야

배려

배렸던
기분도

되려
미소 짓게 해

시소

내가 받는 사랑
네게 주는 사랑

그 기울기는
왜 같을 수 없을까

진주를 사랑한 조개

거친 풍파는
내가 지켜줄게

너는 밝게 빛나
내 맘속만 비춰주면 돼

집착 1

네게 집착했던 건

더 주지 못해서였을까
더 받지 못해서였을까
널 잡지 못해서였을까

집착 2

집 이 아니야

착 붙어 있지 좀 마!

가스라이팅

겨울도
아닌데

가스비
좀 아껴요

사람 데이게
하지 말고

스 토킹

S(top) Talking

말로할때
그만하자

요리

이리저리
냉장고를
뒤져

요리조리
볶다보니

요리,
조리 완성!

쉐프

혓바닥을 구해줄

유니세프

뭉게구름

정처 없이 떠가는 저 구름은

하늘 길을 알고 가는 걸까

자신의 길을 만들어 가는 걸까

빗줄기

잔뜩 화가 나있는
빗줄기

뭐가 그리 분했는지
여기저기 부딪히며 따져드네

한참을 퍼붓도록
기다려주니
어느새 잦아든
숨소리

너도 하늘에서 참느라
힘들었구나

가끔은 그렇게
쏟아내렴

교복

그때만
누릴 수 있는
행복

그 앞에선
명품 옷도
항복

오렌지

너의 기억을 꺼내 먹은 지가
얼마나 오랜지

껍질 하나하나 벗길 때마다
선명해지는 기억의 속살들

반가운 마음에
기억 한 알 씹어보지만

달콤함과 시큼함이 공존했던 시간만큼
웃고 울었던 그날의 흔적들

이내 남겨진 껍질만이
잠시 어지럽혀있던
추억을 위로하네

거북이

넌 느리지 않아

좋아하는 바다를
못 만났을 뿐이야

그러니
조급해 말아

달팽이

너의 한 걸음은
느리고 지루하지만

지나보면 위대했구나

목숨 걸고
가로지르는 걸 보면

알사탕

꽉 찬 달달함 주머니에 넣고서
내딛는 작은 발걸음

얼마 못 가 차오른 가쁜 숨에
횡단보도 벗 삼아 잠시 쉬어가네

초록불 건너 도착한 초록한 야채가게
청년 사장들에게 건네든 달달한 알봉지

할머니의 일방적 따뜻함은
사탕처럼 단단했고
사탕처럼 녹아들었다

이제는
흙 속에 스며든 당신
한없이 평안하시길...

살다가

우리는 이렇게

살다가

살다 가

살다 가

살다   간다..

역시

역시.

짧은 두글자
뒤에 숨겨진
무수한 신뢰

비비딴은
역시!

라는 감탄이
나올 때까지

계 속
엮 시(詩)

에 쓰셨습니다.

필 자 의도를 공감하시느라.

로 컬푸드처럼 입맛에 맞으셨는지 모르겠네요.

그 리운 포만감이 조금이라도 채워졌다면
감사할 따름입니다.
마음이 허기질 때면 언제든 찾아주세요.
식사는 차려놓겠습니다.

한끼 시 읽사

초판 1쇄 발행 2024. 5. 10.

지은이 비비딴
펴낸이 김병호
펴낸곳 주식회사 바른북스

편집진행 황금주
디자인 김민지

등록 2019년 4월 3일 제2019-000040호
주소 서울시 성동구 연무장5길 9-16, 301호 (성수동2가, 블루스톤타워)
대표전화 070-7857-9719 | **경영지원** 02-3409-9719 | **팩스** 070-7610-9820

•바른북스는 여러분의 다양한 아이디어와 원고 투고를 설레는 마음으로 기다리고 있습니다.

이메일 barunbooks21@naver.com | **원고투고** barunbooks21@naver.com
홈페이지 www.barunbooks.com | **공식 블로그** blog.naver.com/barunbooks7
공식 포스트 post.naver.com/barunbooks7 | **페이스북** facebook.com/barunbooks7

ⓒ 비비딴, 2024
ISBN 979-11-93879-94-8 03810